커피에 쓰인,
카페에 시인

커피에 쓰인, 카페에 시인

커피 향 담아 건네는 **위로의 시**들

초 판 1쇄 2025년 03월 12일

지은이 임승훈
펴낸이 류종렬

펴낸곳 미다스북스
본부장 임종익
편집장 이다경, 김가영
디자인 임인영, 윤가희
책임진행 김은진, 이예나, 김요섭, 안채원, 장민주

등록 2001년 3월 21일 제2001-000040호
주소 서울시 마포구 양화로 133 서교타워 711호
전화 02) 322-7802~3
팩스 02) 6007-1845
블로그 http://blog.naver.com/midasbooks
전자주소 midasbooks@hanmail.net
페이스북 https://www.facebook.com/midasbooks425
인스타그램 https://www.instagram.com/midasbooks

© 임승훈, 미다스북스 2025, *Printed in Korea*.

ISBN 979-11-7355-112-3 03810

값 **18,000원**

미다스북스는 다음세대에게 필요한 지혜와 교양을 생각합니다.

커피 향 담아 건네는 위로의 시들

커피에 쓰인, 카페에 시인

임승훈 지음

미다스북스

1 shot

희망은 아침의 에스프레소

2 shot

도전은 단맛, 두려움은 쓴맛

깨달음은 로스팅 후 얻게 된 특별한 향미

치유는 커피의 마지막 후미

에필로그

$$\text{프롤로그}$$

　카페에서 시를 쓰는 바리스타입니다. 중학교 1학년 때 교내 백일장에서 운문부 차하[1]를 수상하며 학창 시절 시에 대한 남다른 애정을 지니고 있었지요. 이번 작품은 카페에서 우리가 흔히 겪는 일상을 통해, 이 세상에 태어나 삶을 살아가는 지혜로운 자세에 대해 얘기해보고자 했습니다. 카페에서의 일상을 통해 인생에서 겪는 전반적인 추억의 감정들을 담았으며, 내 안에 있는 슬프고 기쁜 자아를 함께 떠올렸습니다. 나 스스로에게 울부짖는 내 마음과, 그리고 살아가는 이유와 삶의 가치를 이 시집에 담고자 노력했습니다. 음지에 있는 이들에게는 자유를, 쓰러짐에 좌절하고 있는 이들에게는 달콤한

1　차하(次下): 시문을 평가하는 등급 가운데 넷째 등의 셋째 급.

커피 한 잔과 같은 한 줄기 힘이 전달되길 소망합니다. 당신은 이 땅에 태어난 이유가 있습니다. 나 자신을 사랑하세요.

꽃잎 한 장

나비와 벌들만이
알고 있는
저 숲속엔

꽃이 활짝
피어 있을 거야

호롱호롱 거리는
고운 새소리

나비와 벌들은
꽃잎 한 장의
향기를 맡는다

향기는

아름다움을 전해주는
또 한 장의 꽃잎

교내 백일장 운문부 차하

얼마 전에 인생의 노년기를 보내는 어르신과 대화를 한 적이 있었습니다. 그분에게 물었습니다. "언제가 가장 힘드셨어요?" 어르신은 제게 이렇게 대답해 주셨습니다. "살면서 쉬웠던 날은 단 하루도 없었습니다." 그 말이 지금도 제게는 진한 울림으로 남아있습니다. 그렇습니다. 이것이 인생입니다. 인생은 산을 정복하는 것이 아니라 사막을 건너는 것과 같습니다. 산은 지도만 있으면 안전하게 갈 수 있지만, 사막은 지도가 필요 없습니다. 사막을 여행하는 사람에게 가장 필요한 것은 나침반과 북극성입니다. 이 책의 저자가 바로 그런 사람이고, 이 책이 그런 책입니다. 이 책의 저자는 누군가에게 북극성이 되어주려고 매 순간 끊임없이 노력하는 사람입니다. 그래서 저자는 인생의 대박을 꿈꾸기보다 하루하루를 성실하게 뚜벅뚜벅 걸어가는 사람입니다. 재방송도, 녹화방송도 없는 인생을, 단 한 번도 살아본 적 없는 인생길을 걸어가는 사람에게 이 책은 좋은 북극성이 되어줄 겁니다.

(사)보듬자리 이사장, 수원은혜교회 담임목사 황유석

1 shot

희망은
아침의 에스프레소

한 주간 지친 내 영혼과

무언가 모를 좌절감과는 다르게

이 안엔 희망이 담겨 있다

카페인 충전소

아무도 모르는 답답함이 날 사로잡네
이 또한 사라짐을 기대한 채
오늘 하루가 또 시작되네

실속 없이 헛되고 아무것도 없이 텅 빈
내 마음속 그 공허함이
또 내 가슴을 짓누르네

하루를 살아갈 힘을 얻고자
오늘도 이른 아침
카페에 들러 카페인을 가득
주유한다

늘 넘치지도 부족하지도 않게
하루를 버틸 수 있는
딱 그저 그만큼만이면 족하다

누군가에게 나눠줄 수도

얻을 수도 없는

그 에너지를 오늘도 난

이곳에서

공급받네

카페로 향하는 그녀

중년의 그녀는 매주
같은 곳에 앉아
홀로서기를 한다

아무도 그를 부르지 않으며
말 걸어주지 않고
이곳에서 점점 잊혀 간다

나와 이 평생을 함께한 내 이름 석 자
어렸을 적 자주 불리던 그 이름도
점점 이곳에선 들을 수가 없다

오늘도 그녀는 외로이 지하 계단을 내려간다
한 손에는 국수를
다른 한 손에는 함께 먹을 김치를

비어 있는 자리로 향한다

어김없이 나 홀로 식사가 시작된다

3년이란 시간 동안의 반복된 일상

내겐 너무나도 익숙하다

외로움도

슬픔도

답답함도

모두 잊은 채

그저 국수 한 그릇을 멍하게 바라본다

한 주간 지친 내 영혼과

무언가 모를 좌절감과는 다르게

이 안엔 희망이 담겨 있다

어디선가 들리는 나를 부르는 소리에

고개를 돌려본다

누군가가 나를 보며 환한 얼굴로 인사한다

처음 느껴보는 반가운 인사에

3년이란 세월이 무색하게

어색하고 낯설지만 너무 기쁘다

중년의 나는 이제 혼자가 아니다

이곳에서 나를 불러 준

그녀가 있다

이제 우리 둘은

매주 식사를 마치고 나면

근처 카페로 향한다

고맙다

날 찾아줘서

날 불러줘서

체리 속 열매

살아갈 때마다
그대를 창조한 그를 기억하라
호흡하는 매 순간을 떠올려라

당신이 예상하지 못한 순간이 찾아와도
내 얼굴을 가려 그 빛을 지우지 마라
떠오를 때 떠오르는 것이
이 삶의 이치이거늘

우리에겐 그 어떤 힘도 열매도 없다
지구를 맴도는 행성같이
나를 향해 오고 있는
그 열매 맺음을 기대하라

빛 되신 축복의 그가
당신께 찾아오리라

018

어느 가을 커피 한 잔과

모든 하루가 쌓여
멋진 내일이 된다

오늘 떨어진 낙엽이
새로운 나로 탈바꿈시키듯

매미의 울음소리가
간절한 마지막 외침이었던걸

그동안의 그윽한 커피 향이
내일 더 단단한 나를 만드네

커피인

커피인은
용기가
필요하다

세계 각지에서 수확된
생두들은 이제
내 가게로 왔다

나를 알리려 외치는 그 떨림이
전해 들려오는 메아리같이
건너 건너 이곳으로 왔다

불에 볶이고 나면
다시 내 귀에 맴돌다 간다
저 먼 곳으로

원두 향처럼 그윽한 저녁

늦은 저녁
커피콩을 볶고 난 후
다시 교회로 돌아가는 길

사부작사부작
내리는 눈을 밟으며
드는 생각

하얀 종이 위로
오늘 내게 그윽한
말씀하시려나 보다

선을 파는 카페

선의 가게에 찾아주신
여러분을 환영합니다

이제 당신은 귀한
만남의 장소에서부터
달콤하면서도 씁쓸한 삶을
살아갈 겁니다

사랑하고 또 사랑하고
오늘도 내일도
선인이 되도록 노력하세요

향미의 여운이 담긴 이 원두를
당신에게 드립니다

인생의 주기

꽃잎을 잡다
꽃잎을 놓치다

시간이 흐르다
세월이 지나다

또 새봄이 온다
그토록 그리던

사계절 주기로
나를 다시 찾아왔다

해는 지고
서리 맞고 눈이 와도

강물은 얼고
언젠가 또다시 흐른다

기나긴 삶의 여정 같지만
지나고 보면 또다시 원점

인생의 주기가 그렇다

보이지 않는 손님

눈을 뜰 수 없는
그래서 볼 수 없는
내가 느낄 수 있는 건
그저 바라보지 못한 채
움직이는 모든 것
마음속 한편에
찬 기운을 감지하는 것

가볼 수 없어
볼 수 없어
느낄 수 없어

다른 이들이 생각하는 하늘은
파란색이지만
그 또한 내겐 검은색

말로는 병아리색이
노란색이라 하지만
그 또한 내겐 검은색

짙은 색과 옅은 색을
알지 못하고
무지개를 그릴 수 없다

단 한 번이라도 내 얼굴을
볼 수 있다면
단 한 번이라도 엄마 아빠 얼굴을
볼 수 있다면

이 세상을 볼 수 있다면

그 하루가 마지막 날이라 해도
기쁜 맘으로 환희에 가득 차
흐느낄 텐데

그러지 못하는 이 삶에

그저 상상으로만 오늘도

잠을 이룬다

꿈속에서 보는 세상 역시

내겐

검은색

백전불태 百戰不殆

현대를 살아가는 우리의 모습
세세한 하나마저 크게 느끼고
그저 승률 좋다 하는 게임엔
손쉽게 늪지대를 가르지

인생의 절반을 살아도
승리로 달성한 것이 이토록 많은데
내겐 언제나
나 자신을 채찍질하며
불태라는 단어로만 살아간다

결코
무너지지 않고
위태롭지 않은
최상의 전략이야말로
나를 이끄는 힘

그대로 백승일 수 없는 이유를

알기엔

나 자신이 너무 초라하다

환상에 깨어

백전불태로 나가고자 하는

그 의지에

오늘 하루도

또 힘을 얻는다

무한의 계단

내 아이는 이 계단이
무한하다고 말한다
분명 25층 끝이 있음에도
가보지 않았기에
그 끝을 알지 못해
무한의 계단이라 말한다

가장 높은 꼭대기까지
가는 길은 한참 동안 가야 한다
걷다 쉬다 쉬다 걷다
반복하다 보면
그 끝에 도달할 테지만

참을 수 없는 인내의 고통이
동반되리

오늘은 그저

끝이 없는 무한한 계단이라

말해주고 싶다

아직 네가 그 끝을

가기까지의 크나큰 삶의 고통을

조금이라도 늦게 알았으면 해서

손님과 영접

카페 문을 열다

들다

쓸다

버리다

닦다

빨다

말리다의 반복

우리의 하루도

우리의 한 주도

우리의 한 달도

우리의 한 해도 반복

나는 묻고 싶다

우리가 문을 여는 이유를

누군가를

영접할 준비가 되었는가를

에스프레소

이른 아침의 햇살을 담은
한 잔의 커피

빈 잔 안에 담겨오는
그 진한 풍미의
황금빛 크레마를
바라보며

오늘 내게 찾아올
희망을 기대한다

그을린 거름이 아닌
차디차게 빛나는

별빛을 품은
네가 담기기에

난 오늘도

기쁨으로 시작할 힘을 얻어

다가올 희망을

바라본다

도전은 단맛,
두려움은 쓴맛

수없이 악함이 가득한 유혹 속

매일매일 찾아오는 악령

달콤한 사탕을 전해주고 가지

카페 창 너머로의 도전

우리에겐 시간이 없다

그러나 이를 즐겨라

신은 우리에게 공평한 시간을 허락하셨다

한 백 년 인생살이

길고 짧음을 비교할 수 없이

카페 창 너머로

사계절의 순환을 그저 바라만 보며

어느덧 좋은 추억과 함께

내 옆에 있던 강아지는

먼저 하늘나라로 가고

울기만 하던 그 어린아이는

내게 말을 걸어오고 있다

우리에게 있을

오비이락(烏飛梨落)을 지켜볼 것인가

우리에겐 우연은 없다
그 또한 짜여진 계획일 뿐

도전하고 또 도전하라

바리스타의 지혜

매장에 들어서다

이른 아침 일어나 제일 먼저
무엇을 행하는가

첫 침묵의 시작
연이은 고뇌의 시작

아무 생각 없이 떠돈
잠결은 고요함 속에 깨어

내 가슴속으로 외치는
함성을 듣게 되지

새끼 새가 생존을 위해
끊임없이 날갯짓하고

누군가는 당신 손의 온기를
느끼고 싶어 네게 손을 내밀지

바닷가 벼랑 끝에도
새싹은 피어나고

오늘도 난 궂은 상황 속에서
살아갈 지혜를 배우지

사고

여느 때와 같이 일하던 나
순간 내 신경이 번쩍이다
블랙홀처럼 스며드는
육체의 탈환
지구와 우주가 만나
찾아온 행성의 격파랄까

지형은 평탄해지고
행성의 암석 조각이
모든 표면을 덮는다

불현듯 찾아온 사고
허리의 힘줄이 끊어지는
극악의 잊을 수 없는 고통

그럼에도 내가 어찌

골고다 오르던

그분의 무거운 짐을

이해할 수 있을까

삶의 별을 찾아

내 인생은 떠도는 나그네와 같습니다
한 걸음 한 걸음
오늘도 난 늘 그래왔듯이
힘겹게 어디론가 걷습니다

지친 몸을 이끌고
잠시 배나무 위에 올라
별들에게 물었습니다

오늘은 몇 개의 별을 따도 되냐고요
아무 말이 없어
무작정 기나긴 사다리를 타고
하늘을 향해 올라갔습니다

조금씩 별들에 가까워질수록
별들의 색깔이 달라졌습니다

그렇게 난 힘겹게 올라
마침내 일곱 개의 별을 땄지요

그러곤 바구니에 담은
별들을 하나둘

온 힘을 다해 새벽하늘에 던졌습니다
지구로부터 약 433광년 떨어진 곳

떠도는 이에게 길을 안내해 주는 자리
그 자리에서
나는

가장 밝은 그 별에
폴라리스라 이름을 붙여주었습니다

갈대숲 두려움

몰래 지나가려 해도
빈틈이 없다

피하려 안간힘을 써도
피할 수 없다

바람이 지난 후에야
갈대는 평온함이
다시 찾아온 듯

있던 그 자리에
아무 일 없었듯이
바로 서 있다

우리 인생사와
무엇이 다른가

달콤한 한 잔의 매력

딱 너만큼만
난 달콤해지고 싶다

딱 너만큼만
난 소중해지고 싶다

딱 너만큼만
난 사랑받고 싶다

딱 너만큼만
난 살고 싶다

원초

불티난 듯 팔려간 것에
불을 지펴 사라진 바람에
그을음에 녹아내린 종이에
나의 떨리는 살결이
더는 느껴지지 않을 때

온통 벌겋게
피어난 세상 아래
덩그러니
산더미처럼 쌓여간
재만 가득해서

다시 찾아온 바람에
모든 것이 사라져도

내일이면 아무 일도 없다

유혹²

무겁다

두렵다

더러운 이 세상에

내 욕정이 흐느낄까

겁이 난다

수없이 악함이 가득한 유혹 속

매일매일 찾아오는 악령

달콤한 사탕을 전해주고 가지

한입에 그 달달함에 빠져

금세 초코케이크 한 판도

다 먹어 치웠다

2 표트르 차이코프스키, 〈호두까기 인형〉 중 '사탕요정의 춤'을 듣고서

어두움 가득한 공터

가면 쓴 악령

그 옆을 하염없이 지나가는

어린아이들

달콤한 유혹과 함께

띔뛰며 춤을 추고 있지

다시 악령이 나타났다

사탕 요정은 오늘도

우리 아이를 지배하기 위해

가면을 벗어던진다

첼로의 연주와

바이올린 한 땀 위 그을린 소리가

우리 모두를 유혹하지

다시 찾아온 겨울

함박눈이 내리던 그날

돌고 돌고 돌아
드디어 평온함이 찾아왔다

우리는 밖으로 나가
거센 눈보라를 맞으며
뽀얀 바닥을 밟으며
뛰고 뛰고 또 뜀을 띈다

얼마나 뛰고 싶었을까
내 삶에 인형이 아닌
사람으로 살고 싶다

커피인의 신념

커피 한 잔에

많은 의미를

부여하고 싶다

어디서나 마실 수 있는

그런 물과 같은

커피가 아닌

오감을 자극하지만

어느 하나에

치우쳐지지 않은

그런 균형 좋은 커피

달달한 향에 고유의 향마저

묻어 나오고

후미에서 느껴지는
평온한 여운이야말로

우리의 기나긴 여행 속
시련의 끝은 달달하기에

또다시 커피 한 모금이
생각난다

바리스타의 손길이 깃든 커피는
나 하나가 아닌

한 땀 한 땀 수확에 이를 때까지의
고귀한 전 세계 농부들의 마음이
담겨 있고

그들만의 문화가
생두 안에 잠겨
각기 다른 맛을 내지

여운을 알리고 싶기에

떨리는 낭만을 갖고

난 오늘도

진한 커피를 내린다

외딴섬 도전기

파란 들판에 홀로 핀
깊은 바다에 홀로 선
어두운 그늘에 홀로 빛나는
그 기운이 내게로 온다

망망대해에 우뚝 솟은 섬은
나 홀로 하염없이
그 자릴 지키고 있지
그 기운을 받아
바닷속으로 침몰하지 않게

아름다움보다는 외로움 가득한
단독자로 고독한 하루를 보낸다
아름답고 고요한 주변 친구들의
목소리를 벗 삼아

오늘 하루도

버티고 또 버티는 중이다

행복하게

투지의 쓴맛

생각지 못한 한 단어가
내 머릿속을 스친다

무슨 단어였을까
긍정의 단어이면 좋으련만
그러지 않았다

우울함에 가득 찬 이 삶이
나를 더욱 고독하게 만들어

길바닥에 엎드려
머리를 조아린다

자애로운 웃음의 그가
바로 성군이다

권위와 힘의 긍지는

어쩌면

그 자리에서 비롯된 터

견뎌야만 하는

절대적인 빛의 투지가 아닐까

두려움을 떨칠 집념

별배의 마당
한낱 천한 삶이거늘
미천한 내가 어찌 그리할까
삶이란 참 묘하다
상상 속에는
불가능이 가능하고
천기누설의 큰 죄로
천상에 갇힌 자도
지상으로 내려온다

기묘한 이야기가
내 머릿속에 담겨 있다
나는 심심할 때면
하나둘씩 그 보따리를 풀듯
꿋꿋이 자리에 앉아
오늘도 그저

내 일을 할 뿐

이것이

집념이지

카페에서 맞이한 가을

가을이 오려나 보다
내 기분을 노래할 수 있는
가을이 온다

한 해의 가장 풍요로운 계절
천고마비의 계절
수확의 해가 찾아온다

섬진강 바다가 만나는 망덕포구
남해안에 전어는 올해도 찾아왔다

과거와 달라진 기후지만
가을의 기준을 바꾸는 인생살이

기후 뉴노멀을 이기고
전어는 가을을 찾아온다

수온에 민감한 나이기에

내 환경이 변화하는 것이

무척이나 두렵지만

금 기운을 담아 별빛의 금 전어

내가 가야 할 그곳이 있기에

기다려지고

수확해야 할 이유가 있기에

땅속에서 머금는다

가을의 낙엽이 온 세상을 뒤덮고

단풍으로 수놓은 가을이

무척이나 아름답다

맨발로 황톳길을 걷고

단감 시배지 김해에서

진영 단감을 먹고

신선한 가을의 어느 날

강진에서는
춤추는 갈대를 보게 되지

월아산 숲속의 진주
밭담 길을 걷는 제주
곡성의 심청 대축제

신바람 난 관광 대축제가
시작되는
가을이기에

비록 카페 안에만 있는
나이지만
이 고귀한 자연의 계절

가을은
내 가슴을
적신다

시를 쓸 가을이 온다

고개 숙인 벼들이
황금 물결을 일구고

풍년가를 부를 농부들은
지천으로 널릴
양식을 기대한다

어둠을 밝혀 앉아
외등이 켜지듯

또렷하게 잘도 빛나는
푸르른 들판이
희망을 알린다

저녁노을 붉게 지고
그간 심은 곡식이

수확되네

연필 깎아 심을 세우듯
그간의 노고가
이제 탄생으로 이어지네

가을빛을 힘껏 담은
푸른 들판 위에
이제 시를 쓸 차례

버려진 원두

케냐

너란 녀석

사람들은 왜 너의 이름만

듣고도

제일 좋다고

정말 맛있다고

하는 걸까

더블 A보다는 너란 존재를

더 선망해서인 걸까

한층 더 품격 있는

트리플 A인

탄자니아란

녀석이 있었어

근데 사람들은

그를 보려 하지 않았어

아니 관심조차 없었어

카페에 있는 난

탄자니아

너란 아이를

알리고 싶었어

너의 진가를 세상에

전하고 싶어

그 묵직한 빛나는 여운을

다들 마음껏

만끽하게 해주고 싶었어

근데 모든 사람이

널 외면했어

아주 잔혹하게

눈길 한번 주지 않았어

할 수 없이 난
널 버려야만 했어

시간이 지나 기름기 도는
너의 모습을 보고
내 마음은 아려오기 시작했어

지켜주지 못해 미안하다
너도 사랑받아야 할
아이였을 텐데

두려움

암묵적 아픔의 두려움을 떨쳐내라
비뚤어진 체계
거세게 치는 파도의 결을 타며
등대 위 불빛을 맞이하며
바로 서기를 한다

불변의 연설 속
다름을 인정하고
회개하는 건

지친 나의 어깨를 치고
곧은 수직의 기쁨을
느껴볼 차례

그때 내 맘속
깊은 응어리가

사라진다

두려움이 내 몸을 나선다
내 안에 서식하는
그 두려움의 내상을
손 밖으로 꺼내 드는 것

나는 다시 항해하며
차디찬 등대 불빛을 바라본다

내 두려움을
떨치기 위해

살아간다는 건

이른 아침 카페 문을 열고
어김없이 손님을
기다린다

정신없는 점심을
보냈기에

그 바쁜 시간 속 잠시
쉼의 시간이 찾아올 때

한 중년 여성이
다가왔다

그녀는 남들과 다르게
주문하지 않고 내게
먼저 말을 걸어왔다

카페 앞

사무실에서 왔다고

그녀는 내게 왜 이런

말을 하는 걸까

그러곤 내게 묻는다

자녀들 적금이 있냐고

보험은 있냐고

생각지도 않은 내게

다짜고짜 왜 이러는 걸까

국장님과 팀원들이

카페에 자주 온다며

서로 상부상조하자던 그녀

그나저나 난 그녀를

처음 본다

당황스러운 감정도 잠시
그녀는 12월도 얼마 안 남은 지금
내게 왜 이런 말을 하는 것일까

잠깐이나마 그녀의 삶이
궁금해진다

누군가의 어머니이고
누군가의 배우자일 터

인생을 살아간다는 게
때때로 가족을 위해

잠깐의 불편함도
감수해야 하는 때가 있는 거겠지

깨달음은 로스팅 후
얻게 된 특별한 향미

잘못된 단어로 인해 좌절하지 말고
용기를 갖고 실수를 되풀이하지 않기 위해
달려가라고 말이다

인생 한 권의 깨달음

잊지 못해 그 계절이 오면
내 생각이 아닌 가슴으로 느낀다

역사의 흐름과 삶의 곡진 변두리
우리의 모든 인생살이가

그리운 풍경을 만들고
눈부신 햇살을 보고
시원한 강줄기의 흐름을 듣지

이 한 권의 내 인생
커피 이야기를
완성하기 위해

나는 매일 숨 쉬며
살아가고 있지

그러기에 만남은 소중하고

나를 지탱해 주는

가족은 값지고

내 꿈은 더욱이 고귀하다

고마운 나의 뿌리

겉은 볼 수 있어도
속은 볼 수 없다

외형은 볼 수 있어도
내형은 볼 수 없다

내 뿌리가 얼마나 깊은지
얼마나 더 내릴 수 있을는지

우리의 삶이 매 순간 긴장되고
걱정 가득한 이유는

나 스스로 바로 설 수 있을 만큼
필요한 뿌리의 깊이를 알 수가 없어서이지

나이테로 나무의 나이를 알 수 있기에
그 나무의 푸르렀던 해를 알 수 있고

북반구 영하 13도에서도 견뎌내는
또 다른 나무를 바라보며

고난 가득한 나무는
툰드라에서도 역경을 이겨내고 있다

우리가 보지 못해도
추운 겨울을 뜨거운 뿌리로 맞는

고마운
나의 뿌리여

카페 24

24의 남다른 의미
긍정일까
부정일까

신은 모두에게
24시간을 허락하였다
평등한가

누군가는 한 달에 24만 원을 벌어들인다
또 다른 이는 24억 원을 벌었다
불평등한가

더운 여름철에 나는 카페로 들어오자마자
매장의 에어컨부터 가동한다
더운 게 싫어 내가 선호하는 온도는 24도
그러나 아내는 다소 춥다고 한다

편파적인가

누군가는 24인치 모니터만으로도 충분하지만
또 다른 사람은 일하기에 매우 작다고 한다
그런데 모두 같은 24인치를 사주었다
공평한가

누군가는 24를 보면 이사업체를 떠올리고
누군가는 24일 크리스마스이브를
누군가는 24일 첫째 아이가 태어난 날을 기억하고

24번 마을버스를
24번 국도를
24번 떨어진 것을
24번 참은 것을
24번 못 푼 문제를
24번 마음의 변화를
제각각 달리 느낀다

누군가에게 24는 추울 수도 더울 수도 있고

누군가에게 24는 많을 수도 적을 수도 있다

그래도 누구에게나 24는 시간상으로는 같다

그저 그 시간을 긍정으로 만들지

부정으로 만들지를

나 스스로가 선택할 뿐

이제는 알 것 같다

24를 어떻게 써야 할지를

체리 선물

비 온 뒤 갠 아침은
마치 숲속에 나 홀로 있음과 같아

하늘도 무심한 듯
내 맘속에 있던 큼지막한 돌덩이를
쪼개주었어

내 뒤를 쫓아 따르는
날다람쥐 한 마리가
그만 내가 떨어뜨린 커피 체리 한 조각을
그 쪼그마한 입으로 먹기 시작했어

두 손을 들고 느끼는 유유자적함에
꼬리를 흔들며 마치 내게 이야기하는 것만 같아

그들은 살기 위해 식량을

보존하는 법을 습득했지

그 누가 알려주지 않아도

본능적으로 말이야

지금은 내게 있어 저축할 때인지

나눠줄 때인지 알기 이전에

어쩌면

먼저 이렇게 일상 속에서 느끼는 자연에

감사해야 할지도 모르겠어

커피 유산

고통은 쓸쓸하면서도
달콤하며

시련은 마치 고통을 견뎌낸
달콤한 커피 열매와 같지

하나의 열매를 얻기 위해
수없는 고난을 이겨내야만 했다

햇빛을 찾아 물을 찾아
떠나고 싶어도 난 그럴 수가 없었지

나는 내 힘으로는
아무것도 할 수 없었다

그 누군가가 나를 더 큰 곳으로
옮겨 심기 전까지는

인간의 탐닉과 무관심은
나에게 혐오감으로 남았지

죽음 앞에서 자비를 베푸는 척
나를 보고 웃는 그들의 미소를 보며

짐승들을 무자비하게 물어뜯는 사자들 같아 보였지
나도 너에게 사랑을 받고 싶었다

이제 나는 너에게 박애 정신을 일삼아주고 싶다
그런 날 네가 이해해 주길 바랐다

아름다운 인간
난 너의 영원한 유산으로 남고 싶다

추억의 비밀 상자

네모난 상자 안에는
너무나도 많은 단어가 들어가 있지

어떤 단어를 꺼내느냐에 따라
오늘 하루가 결정되지

인간이 느끼고 싶어 하는
행복 희망 성취 평온함

인간이 피하고 싶어 하는
슬픔 좌절 고통 두려움

냉소와 의심 속

어떤 카드를 꺼내야 할지
벌써부터의 고민은 필요 없다

막상 그 상황이 닥치면
나도 모르게 불안의 단어를 사용한다

인간은 원래부터 나약한 존재여서
완벽할 수가 없지

그런데도 매일매일 내가 나에게
위로의 말을 꺼내는 것은

잘못된 단어로 인해 좌절하지 말고
용기를 갖고 실수를 되풀이하지 않기 위해
달려가라고 하기 위함이다

아픔을 덮을 수 있다면 따뜻한 마음의 카드를
오늘 하루 최대한 꺼내 보자

지금 내가 만나고 있는 그들이
과거의 내 추억으로 기억될
내게 있어 소중한 나의 사람들이다

혐오의 즐거움에 관하여

우리의 이기심과 허영심이
성공을 가로막고
누군가를 바로 보는 질투와 시기는
혐오와 살기를 만든다

욕심의 끝은 공허함이고
공허함의 끝은 우울감이다
왜 혐오의 감정이 즐거운가

소유욕에 영혼이 팔리고
우리의 인생에 있어서
맥락을 짚지 못하기 때문이다

만족하지 못하고
내가 소유하고 있는
풍족함을 알지 못하는

답답한 자들아

지금 바로 냉정하게
내 주위를 살피고
내가 가진 것에
대해 감사해 보라

그러지 못한 내 세월은
돌아오지 못하니
과거의 잘남은
쓰레기통에나 갖다 버리고
현재의 나를 돌아보라

지금의 내가 곧게 서야
미래의 행복한 내가 있다
소유욕을 멀리하고
감사함에 생존하지 않는 순간
혐오의 괴물이
너를 즐겁게 할 것이다

일개미 군단

그가 본 하늘은 까만색이다
어둠 가득 찬 먹구름
비가 올 듯 눅눅해질 듯한
낙엽을 밟고
다시 산을 오른다

수만 년이 흐른 곧은 바위틈 속으로
한 줄의 빛이 보인다
그가 통과할 수 있는 아주 좁은 길로
무리 지어 일꾼들이 행렬을 이뤄
바쁘게 움직인다

각자 모두의 길이 정해져 있듯이
한 치의 오차도 없이 대형을 유지하며
바쁘게 오늘도 일한다

한두 방울씩 하늘에서 눈물이 흐르고

이제야 왜 이리 바쁘게도

움직여야만 했는지를

그들을 유심히 관찰한 끝에야

비로소 알 수 있었다

이래야만 살 수 있다는 걸

근심은 어디서 오는가

욕망 풍요 명예를

마치 인생의 전부로 받아들이는

나를 보면

그것이 매우 강하고

나는 너무 약하다는 걸

체감하게 된다

과연 왜

이것들의 노예로

내 인생을 살아야 하는지

도대체 언제부터

이들에게 지배를 당했을까

이것들이 내게 없고

부족하다면

우린 대부분

나 자신부터 버리곤 한다

있는 그대로의

내 모습을 보려 하지 않고

인생을 살아가면서

넓어지는 지경이 아닌

오히려 구속받고

불안한 삶을 살아간다

도대체 어느 때부터

그랬던 걸까

이제 나는 마흔이 다 되어서야

나 자신을 인정하기로 했다

어쩌면 이 모든 문제를

그냥 넘기고 싶어서였을지도 모른다

그저 내 가치를 증명받고

싶은 게 아니라

나 스스로 나 자신이
어떤 사람이냐고 물었을 뿐

더 이상 과거에 집착하지도
미래를 꿈꾸는 것보다
현재의 나를 감싸며
사랑하기로 했다

많은 단계의 문제를 놓고
바라보는 것이 아니라
좋든 싫든
해결해야 할 문제일 터
그저 조금이라도
덜 힘들고 싶을 뿐

나를 치유할 수 있는
유일한 존재가
오직 나라는 걸
깨닫게 되어서였지

달콤한 돌봄

그가 왔다가
그가 갑니다

그녀도 왔다가
그녀도 갑니다

하루가 왔다가
하루도 갑니다

세상살이가
고달파서

내가 원하는 것도
모른 채

매일매일을 바쁘게
살아왔건만

맘 편히
나를 위한 쉼은 언제 했는지
모르겠습니다

그저 세상이 이끄는 대로
별생각 없이

따르는 인생을
맞추는 인생을
그런 인생을
살아왔습니다

내가 태어나서
살아가야 할 이유 또한
명분도 모른 채
내 몸이 썩어 주저앉아도

난 나를 돌보는 법을

몰랐습니다

로스팅할 때면

풋풋한 냄새도

어느새

구수한 향으로

변하듯

모든 일이

깨어질 만큼

크다는 걸

그가 내 이름을 부르고

사랑한다고 했을 때

깨달았습니다

그 달콤한 돌봄을

영원한 친구

어렸을 적 나는
동네 친구들과 집 앞에서
옹기종기 모여 대화를 하며
길을 걷곤 했다

밤하늘에 떠 있는 달을 보며
내가 움직이면
달도 움직이고
나를 따라다니는 걸 알고
또래 친구들에게 말했다

저 떠 있는 둥근달이
나를 좋아한다고
나를 따라다닌다고

그런데

모든 친구들은 서로

자기만 따라다닌다고 했다

우리가 모두 거짓말쟁이가 되는

신기한 세상

분명 보름달은 우리 모두에게

친구였겠지

그때도 지금도 여전히

TOP

T란 단어 위에
O를 올려본다
조심스레 마지막
P를 올리자

최고 높이의
탑이 쌓아졌다

그것도 잠시
공든 탑이 한순간에
무너져 버린다

깨진 조각 하나에 그만
손가락을 찔려
상처가 생겼다

정상으로 올라가긴 어려워도

나락(那落)으로 가는 건

허무하게도

한순간이었다

값진 휴식

좌로 갈지 우로 갈지

고민하는 어린아이

무언가를 바라보고 있는 것일까

하염없이 기다리고 있는 것일까

그것도 아니면

내 삶이 아닌 타인이 원하는 삶을 위해

살아와서인가

아무것도 선택할 수가 없다

부모의 그리움 때문에

부모의 떠나감은 언젠간 내게도 찾아올 터

인간의 육체는 깨어나기 전 그전의 상태

바로 내가 있던 그곳으로

다시 돌아가는 것

우린 수만 년간의 잠에서 잠시 깬 것이다

그저 다시 그 휴식의 상태로 돌아가는 것

부모가 떠나감은

내게 더 넓은 지경을 준 것일 뿐

조금 전까지 걸어온 상황에 매듭을 짓고

인생 전체를 하나로 묶고 간다

나 역시도 그럴 터

그저 파안대소할 삶을 값있게 살고

조물주께로 돌아가자

한 뼘의 후회

너의 곁에서
향기로워지고 싶다

너의 곁에서
영원해지고 싶다

당신과 함께한 세월이
야속하게도

우리 둘 사이에
서너 뼘의 거리가 있다

그 거리를 좁히기 위해
평생을 함께했건만

이제

한 뼘 정도 남았는데

당신이

내 옆에 없네요

황홀함을 위하여

조선 후기 문학 작품들이
많아진 이유를 아는가
그들의 소소한 일상들에 대한
묘사가 많아서다

우린 늘 반복된 일상 속에서
타성에 젖어 있진 않은가

이 시대의 풍미를 모른 채
살아가기에 바빠서
세상과의 소통을 단절하고
오로지 살겠다는 신념 하나로
가족의 생계를 부양하고

아프고 아프고 아프고

이제

그만하면 됐다

황홀한 삶이 당신의 눈앞에

펼쳐져 있다

성숙한 인생길

오늘 심은 이 나무가

열매를 맺기까지

사 년의 시간이 필요하다

한겨울 서리 내린

냉해를 이기고

한여름 철 타들어 가는

열대 속에서도 견뎌낸

작은 아이

꽃잎이 지고 새살이 돋고

푸르른 열매가 열려

삶의 생동감에 따라

점차 성숙한 체리로 변한다

자잘한 인생사

완벽한 커피 체리가 돼서야

함께 떠날 여행을 꿈꾸련만

부모를 생각하랴

자녀를 생각하랴

가장 아름답고 건강한 그 시기를 지나

떨어지고 나서야

이제 세상 밖으로 나가려 한다

커피나무 그 어린 서리에

짤막한 인생살이 달콤함도

잊은 채

오늘도 똑같이 누군가를 위한

인생길을 걷는다

사랑의 아픔

아프지 말자

다치지 말자

말하고 싶다

울리지 말고

울지도 말고

말하고 싶다

감당할 수 있는

딱 그만큼만

내가 힘이 없어

참지 못해

내가 힘이 없어

듣질 못해

이 또한 지나갈 것을 알지만

서글픈 나의 마음이

흐르는 계곡 소리에 잊히고

크나큰 바다 물결 소리에 사라지고

그 위를 돌며 울어대는

그 소리가

그 자리가

내 마음을 이끌어

시원해진다

그의 삶이

나의 삶이

그저 눈 살짝 감으면

영영 돌아오지 못할 수 있음을

기억해야겠지

우리에겐 생명이 있으니

돌고 도는 파도가 아닌

메아리가 아닌

그저 반복되는 평범한 인생사가
결코 순탄한 것이 아니었다는 걸
증명하지 않아도
너와 나의 과거를 보면 알 수 있지

어둠의 그림자가
우리의 앞을 가로막아도
희망이란 단어가 있었기에
지금의 우리가 있듯이
이만하면 족하다

체념한 채
연기처럼 사라지지 않을
자그마한 가지 하나에도
불꽃이 타오를 때
나의 삶을 돌이켜 본들
꺼진 재들만이 가득하다

불이 타오를 때가 있으면

그 후엔 꺼질 때도 있는 법

잊지 말고 추억하고

가슴에 새기고 또 새겨

그리움을 간직하고

원한을 품지 말고

이 또한 좋은 추억으로

흘러가게 놔둘지라

이 밤이 지나가면

다시 찾아오는 낮을 맞이하고

봄이 지나 여름이 오는 그때가

그저 평범한 줄 알아도

결코 쉬운 일이 아니었더라

사랑할 때 사랑하고

마음을 줄 때 마음 줘야

우리가 살고

자식이 산다

삶의 지친 자들이 이리도 많아
걱정이 산을 이뤄 말도 못 하네

시간은 흐른다 고뇌를 버리고
이제 서로를 위한
삶의 뜨거운 황숙향을 피워라

치유는 커피의
마지막 후미

그녀는 꽃 한 다발을 주고

다시 떠나갔다

서로 아프지 않길 기도하면서

버림

가능하다 믿고 싶었다

분명히 할 수 있을 거라
수없이 생각했다

달라지길 기도했다

햇살의 무게를 잴 수 없는데
나의 바람의 무게는 매우 무거웠다

왜 나는 그토록 무거운 짐을
버리고 가벼워지는 법을
몰랐을까

쉼

검은색 색연필을 들어
하얀 도화지 위에
떠오르는 악상을 그려본다

쉬고 싶어 쉼표를 그리고
살고 싶어 쉼표를 그리고
보고 싶어 쉼표를 그리고

또
또
또
쉼표를 그린다

답이 없다
오직 쉼만이
답이다

카페 밭에서 느끼는 추억

바람 부는 언덕을 걷다 보면
그대 생각이 나곤 합니다

담장 너머로 뻗어내린 큰 호박과
주렁주렁 열린 가지가

나를 위해 만들어준 찐 호박이
나무 깃대로 엮어 만든 연이

바람을 타는 법을 알려준
큰아버지는
지금 내 곁에 없습니다

그래도 그때와 같이
느꼈던 매서운 바람은

그땐 없었던
나의 두 아이와 함께
고이 서서 이곳에서
느끼는 중입니다

큰아버지
잘 계시죠?

저는 이곳에서 두 아이와
바람을 느끼는 중이랍니다

세 번째 손님

내가 가보지 못한 곳을
가본 손님이 있다

내가 경험해 보지 못한 일을
경험해 본 손님이 있다

내 앞엔
그녀가 서 있다

오랜만에 찾아온다면서
내게 꽃다발을 건네준 그녀

처음 본 그녀는
우울감과 무기력함이 느껴졌었다

오랜만에 걸어 본다는
그였기에

읽고 싶었던 책이 때마침
이 카페에 놓여있었다기에

스쳐 지나갈 인연인 줄 알았지만
끝에서 말을 걸어준 나였기에

우리는 운명처럼
만남이 이어졌다

꽃의 주인은
내가 아니었다

돌고 돌아 그 꽃의 주인은
내가 되었다

돌고 도는 삶 속에

헛걸음이 있을 수 있고

원망과 시련을 느낄 때가

있을지라도

어디선간 다시

희망을 얻는다

누군가 내 등 뒤에서

나를 언덕 아래로 떠밀지라도

누군가는 나를 다시 일으켜 세워

구하는 자가 있을 터인데

이제는 두려워하지 않겠다는 그녀 뒤엔

신앙의 힘이 빛나고 있었다

우린 그렇게

세 번째 만남을 뒤로한 채

그녀는 꽃 한 다발을 내게 주고

다시 떠나갔다

서로 아프지 않길

기도하면서

창가 쪽 소파

잠시 소파에 앉아본다
얼마 만에 홀로
여유로이 명상을 해보는 것인가

많은 이들이
이 자리에 앉아
좋은 추억을 쌓고 갔겠지

외로이 홀로
그 기분을 느껴본다

복잡한 생각에
곧 잠긴다

누군가에게
위로의 자리였을 테고

다른 이에게는
기쁨의 자리이자
만남의 자리였겠지만

유독 내 기억에 남은 이는
홀로 외로이
눈물을 훔쳤던 사람이다

떠난 자리가 왜 그리
슬퍼 보이던지

각자 삶의 무게를
견뎌내고 이겨내느냐

나 자신을
돌보는 게 이토록 어려울 줄

나조차 바쁘게 돌아가는
하루하루에 잊고 살았나

누구에게나

정겨웠던

나 자신을 돌볼

그 짜릿한 시간이

필요하다

인생의 철학

우리가 추구하는 인생은
모든 것이 평온하고 고요하며 안전하다

그러나 삶은
배를 타고 떠나는 항해

갑자기 비가 내리고 폭우가 몰아치고
우리의 삶은 계속 변한다

끝없는 반복
인내와 고독

새로움의 경지
알 수 없는 시작과 끝

계속 달라지는 패턴

단순하게 생각하자

근심을 버리자

치유의 길을 찾아 떠나자

내 안에 발병한 병은

내가 책임져야 하니

이제부터라도 자유로움 속

평안함을 찾아 떠날 때

균형 잡힌

인생의 조화가 필요하다

내 인생 최고의 철학

치유와 행복

소녀의 웃음

오랜만에
그 아이가 찾아왔다

나는 그녀를 고1 때
처음 만났다

매우 조용했으며
늘 불편한 두 발로 힘겹지만

그 누구보다도 힘 있게
외로이 등교하는 모습이 떠올랐다

그런 그녀가
내 가게에 자주 놀러 왔다

조용한 성격이지만

생각이 깊었다

불우한 가정이지만

어떻게든

살기 위해

발버둥 치고 있었다

내가 그 아이를

도울 수 있는 건

아무것도

없다고 생각했다

그저 지금과 같이

반갑게 맞이하고

몇 마디
걸어주는 것뿐

그래도 그게
힘이 되었을까

겨울이 지나
이 친구는 학교를 졸업했다

그렇게
시간은 흘렀다

그 사이 우리 매장은
옆 건물 이 층으로 이사했다

이사한 매장을 어떻게 알았는지
성인이 되어 그녀는 나를 다시 찾아왔다

어떻게 왔냐는 내 물음에

그저 검색했다며

살며시 올라간 입꼬리마저

무척이나 고마웠다

정처 없이 흘러간 시간 속에는

서너 번의 수술대에 오른

그녀의 서글픈 모습이

숨겨져 있었다

우리가 언제든 원하는 곳에

걸어가고 풍경을 감상하는

그 특별함 없는

삶이

누군가에게는

단 한 번만이라도

경험해 보고 싶은

소망일지도 모른다는 걸

이제야

알게 되었다

그녀는 이제

두 발로 걸어 다닌다

외형이 아닌

내형 또한 그 모진 시련을

홀로

독대했건만

이제 그녀는

앳된 학생이 아닌

치유된 성인으로

다시 태어났다

고맙다

그 모진 세월 견뎌내줘서

고맙다

잊지 않고 날 찾아줘서

카푸치노

추출 버튼을 누른다

떨어지는 커피 원액 안에는

우리의 인생이 담기기 시작한다

커피에서 느껴지는

신맛과 단맛 그리고 쓴맛

이 과정을 지나고 나면

우리가 살아온

삶의 여운을 느껴 볼 차례가 온다

가볍기도 하고

무겁기도 하고

내 취향에 맞춘 커피를 마신다는 것이

낭만이고 행복

내 인생도
가벼웠으면 하고
때로는 무거웠으면

씁쓸함이 지나고 나면
달았으면 하고

진한 에스프레소와
부드러운 우유 거품이 만나듯이

모진 시련과 함께 찾아온
힘이 되는 위로 한마디는
그렇게 서로 만났다

누군가가 나를 위해
전화를 걸고

누군가가 나를 위해

기도하며

그렇게 우리 인생은

흘러간다

정처 없이 멈출 그날을

기약하며

이 시간도

흐르고 있다

잔 안의 커피는

점차 줄어든다

삶의 아픔도

사라져 간다

내 기억도 점점

잊혀 간다

마지막 한 모금을
마신 뒤

빈 잔을 바라보며
눈을 감지

그렇게 그 잔은
새로이 닦여

다른 누군가의
인생을 담아 간다

우린 그저 자기 입술로
자기 인생을 맛보며

들어오는 커피의
배부름을 기억하면 된다

카페의 재탄생

내 인생의 철학
내가 지켜야 할 신념
그릇된 행동 속
내가 피해야 할 것들

이 모든 것은
내가 카페를 운영하며
지키려 했던 것

과잉 친절로
내 자아를 숨기고
난 이 매장을
지키려 했다

두려운 악령의 존재들이
때로는 내게 말을 걸었고

난 그 악마들을 향해
웃어야만 했다

내 가족들을
지켜내기 위해

내게 상처를 준 그들도
그들의 가족을 지키기 위해
그랬을지 모른다

상처가 깊어
잠시 로스터기 뒤에 숨어

원두 볶는 냄새에
내 울음도 사라지고

다시 찾아온 고소한 향기는
내게 다시 힘을 주었다

그러했다

하루하루를 버텨왔고

한 해 두 해를 버텨왔다

언제가 끝일지 모르는

그 정상을 향해

나 자신을 희생하며

달려왔다

이제 정상에 오른 것 같아

내려오는 일은 없기를 바랐다

그러나 이제 내려와야 할 때

그동안 쌓아 놓은 모든 것들은

그렇게 점차 사라져 갔다

난 다시 일어나기 위해

매장을 재단장했다

그렇게

카페는 재탄생했다

또다시

언제가 끝인지 모르는

인생살이가

시작됐다

그저 오늘이

마지막이라고 생각하며

웃으려 한다

늘 그래왔던 것처럼

인생무상人生無常

카페 밖을 보다

세차게 불던 바람은
곱게 물든 잎을
떨어뜨리고

이윽고
마지막 하나 남은
한 잎만이
나약하게나마

가지에 매달려
떨어지지 아니하려
필사적으로
붙어있다

마지막까지

눈을 감지 않으려

호흡을 끊지 않기 위한

백발의 노인이

몸부림칠 거동조차 없을 때

우리 인생도

각자만의

화려한 부귀영화(富貴榮華)를

누린 때를 떠올리지

성경은 인생을

잠깐 보이다가 없어지는 안개라 했고

한낱 바람 같다 했으며

세상에 있는 날의 그림자 같다 했다

인생이 무엇인가

그저 떨어질 때를 기다리며

숙명을 받아들이는 것

인생은 회전하는 사계이고
봄과 여름
가을과 겨울을 지나

오늘도
내 인생의 책 한 권을
집필하는 것

인생의
우여곡절을 겪는다는 건
허무함일 터

결국 모든 것들은
언젠간 쓰러질 거란 걸
깨닫는 순간

세월의 깊이를 느낀
백발의 내가 되어
이곳에 서 있다

늘 변하는 것이라 해서

허무하거나

부질없는 것이 아닌

그 또한 추억이란 걸

전해주고 싶다

마음의 쉼이

중간마다 필요하고

내 짐을 덜어 줄 이들이

중간마다 필요하다

그러기에

나 역시 누군가의 짐을 들고

지금 이곳에 서 있다

커피의 후미

그을린 삶을
살아왔나 보다

불에 탄 것처럼
황폐해짐도

모른 채
살아왔나 보다

공허함이
찾아왔고

우울감이
찾아왔고

내 인생의

위기가 찾아왔다

구수한 향기에 유혹되어

달콤함을 느꼈고

상큼함에 취해

삶의 균형을 잃었다

도전과 고난은 내게

쓴맛을 알게 했고

마침내

채우려 함이 아닌

비우고 비우고 비우는

방법을 택했다

감정을 버리고
내 마음의 무거웠던
쓰레기들을 버렸다

화내는 감정
속상한데 웃고 있는
아이러니한 내 감정을
모두 비웠다

내 곁을 지키던 그녀가
그리웠고
미안했고
감사했다

사귈 땐 서로의 매력에 끌렸지만
결혼 생활 후
아이를 키우다 보니
그 감정도 잊은 채
살아왔나 보다

마음의 짐을 쌓은 채
서로의 생각은
늘 빗겨만 갔다

이제는
버려야 할 때
비워야 할 때

서툰 내 감정이
다시 솟아나고

날 만드는 날
다시 새롭게 시작되리

치유는

구수한 향기를 맡고
달콤한 유혹을 지나

상큼한 도전과

두려움의 쓴맛을

느끼고 난 뒤에 오는

커피의 마지막 후미

치유

그 겨울 봄이 온다
눈보라 치던 그날

내 맘속 깊은 곳엔
푸르른 새싹이 돋는다

모진 바람 속
추위와의 사투를 벌인
내 외투는
벗겨져도

뜨거운 내 맘속엔
그간의 상처는
이제
아물었다

어릴 적
묻어 두었던
모래 속 보물은

강렬한 눈보라에
날려

다시
내게로
돌아왔다

삶이란
그런가 보다

모질게 지친 때를
이기고 나면
아픔은 흉터로 남아도
다시 행복이 찾아오고

아픔 또한 이겨낼

지혜가 생기는 법

겨울이 지나 봄이 온다는 건

천혜의 자연

노란 물결이 일렁이는

산수유 꽃길을 걸을 때

내 마음도 그렇게

치유되어 간다

인생

인생
무에서 유를 만드는 것

인생
하나씩 늘어나는 것

인생
조금씩 자라나는 것

인생
조금씩 작아지는 것

인생
하나씩 줄어드는 것

인생

유에서 무를 만드는 것

인생

다시금 평온해지는 것

산다는 것은 죽음보다 더욱이 소중하다고 생각합니다. 우리는 모두 이 땅에 태어난 이유가 나름대로 존재합니다. 저는 늘 고민합니다. 내가 살아야 하는 이유를 말이죠. 내 가치관을 만드는 일. 혹은 내가 가진 신념을 지키는 일. 또는 행복을 찾아 행하는 일. 그 어떤 것도 내 삶에 있어서 중요하지 않은 것이 없었습니다.

저는 우리가 모두 행복한 인생을 살아가는 방법을 알았으면 했습니다. 사람마다 각기 살아가는 방식은 조금씩 다를지 모르지만, 각자만의 사상이 있고 자신만의 견해로 세상을 바라보며 살아가곤 하죠. 늘 웃을 것만 같은 사람에게도 우는 날이 찾아오고, 긍정적인 사고를 지닌 사람에게도 부정적일

때가 찾아옵니다. 선한 사람도 때로는 악해져야 할 때가 있
듯이 저를 포함한 모든 사람은 살아가는 환경에 의해 내 삶
을 맞춰가는 듯합니다.

　이런 다양한 사람들을 제가 운영하는 카페라는 한 공간에
서 만날 수 있었습니다. 모든 고객과 이야기하지는 못해도 10
년 가까운 시간을 운영했으니 정말 많은 사람과 소통했음은
분명하겠죠. 아픔이 있던 손님, 기쁨과 행복을 주던 손님, 여
러 이유로 기억에 남는 고객들이 있습니다. 저는 이 다양한
사람들의 이야기를 기반으로 시를 쓰기 시작했습니다. 더불
어 많은 이들이 스쳐 지나간 추억이 있는 공간에 혼자 남을
때면 글을 썼습니다. 그리고 모든 이야기를 엮었습니다. 이
책 안에서 살아간다는 것에 대한 큰 의미를 부여하였습니다.
　누구나 살아가면서 희망을 얻고 두려움 속에서 도전합니
다. 그러고 나서 내가 이룬 행위에 대해 자각을 하며 깨닫는
시간을 갖게 되죠. 흔히들 많이 마시는 커피 한 잔의 카페인
은 하루를 살아가는 우리에게 큰 힘을 줍니다. 그 힘으로 힘
든 하루하루를 버티지만, 또 이곳저곳에서 많은 상처를 받곤

좌절합니다. 삶의 큰 아픔과 상처들은 치유의 과정을 거쳐 점점 아물게 됩니다. 그 안에는 마치 커피와 같이 우리 인생의 단맛과 쓴맛 그리고 감칠맛이 담겨 있습니다. 어느 하나에 치우치지 않은 균형 좋은 커피. 어쩌면 내 삶도 두려움과 슬픔 그리고 행복한 감정들이 적절히 균형을 이루는 하루하루를 살아가고 싶은 것일지도 모르겠습니다.

그간 만난 기억나는 고객들을 떠올리며 쓴 시와 함께 카페에서 생각나는 영감들을 담아 조심스레 이 책 안에 담았습니다. 흔히들 살아가는 과정에서 겪는 지극히 평범한 것들이 누군가에게는 소망이자 희망이었습니다. 치유의 단계를 겪어온 사람들의 결과물이 누군가에게는 새로운 도전이 될 수도 있었습니다. 제가 전달하고 싶은 메시지는 내게 있어 가장 소중한 것이 무엇인지를 기억하라는 것입니다. 그리고 그것을 지키고자 노력하라는 것입니다.

끊임없는 도전은 두려움 속에서 우리를 너무 힘들게 할지도 모르겠습니다. 지칠 때면 때로는 쉼의 시간이 필요했고 그 짐을 나눌 누군가가 필요했습니다. 여러분의 삶이 바로 지금, 이 순간에 늘 행복하길 진심으로 소망합니다. 커피를 사랑하는 바리스타로서, 카페라는 평온한 공간에서 나온 이야기들을 여러분께 선물했습니다. 책을 읽는 잠시나마 평온함이 유지되고, 아픈 상처들이 치유되는 위로의 시간이 되었으면 합니다. 지금 내가 어떤 상황에 놓여있든 무슨 일을 하든 내 마음의 챙김이 먼저 있길 소원합니다.

끝으로, 이 시집에 담은 여러 감정들을 가지고 시와 함께 저의 CCM[3] 싱글 앨범 두 곡의 작사를 직접 하였습니다. 제가 삶을 살아가면서 끊임없이 살아갈 이유를 알게 해준 신앙이 있었기에 지금의 제가 존재할 수 있었다고 믿습니다. 어떤 맘으로 나를 지키는 그분을 바라봐야 하는 것인지. 나의 맘속엔 과연 그분이 존재하긴 하는 것인지. 나의 곁에서 그분은 나를 보고 있긴 하는 것인지. 신앙을 따라, 그분을 따라 참된 삶을 살아가기를 영원히 소망하며 두 곡의 가사를 여러분께 바칩니다.

3   Contemporary Christian Music (현대 기독교 음악)

주님 보는 나의 맘

어떤 맘으로 주님을 보는지
삶의 곤한 현실 뒤로한 채 돌아볼 때에
그의 거룩한 이름
주 예수가 날 구하시네
삶의 고된 시련 사라져 가네

나의 맘속에 주님이 계신지
삶의 편한 현실 뒤로한 채 돌아볼 때에
그가 나를 지키시며
나의 맘을 돌이키사 주님
두 팔로 나를 이끄시네

그의 선하신 주님의 품에
그 사랑 안에 나는 주만 의지하네
주님의 품 안에서 그가
주의 길로 이끄사
주님 보는 나의 맘

주님 곁에서 주님을 보는지

삶의 편한 현실 뒤로한 채 돌아볼 때에

그가 나를 지키시며

나의 맘을 돌이키사 주님

두 팔로 나를 인도하시네 주님

그의 선하신 주님의 품에

그 사랑 안에 나는 주만 바라보네

주님의 품 안에서 그가

주의 길로 이끄사

주님 보는 나의 맘

광야를 지날 때에

함께 하시네 주님

나의 길 인도하시네

어둔 길을 지날 때도 함께 하시니

나의 모든 괴롬 슬픔 사라져 가네

그의 선하신 주님의 품에

날 위해 죽은 이가 그리스도라네

주님의 품 안에서 그가

주의 길로 이끄사

주님 보는 나

나를 보시는 주님

내가 사는 이유

주님 따라

주님을 따라 이곳에서 그 길을 걷네

주님이 걸어가셨던 그 길 따라 걷네

언제나 곁에서 머물렀던 그 길을 걷네

우리 함께 그 길을 걷네

우리는 지금 이곳에서 주님을 보네

골고다 오르던 무거운 그 짐을 보네

언제나 곁에서 기도했던 주님을 보네
우리 함께 주님을 보네

광야의 길을 따라서
우리를 이끄신 주의 계획
언제나 함께 주님 바라봐요
우리 함께 주님 따라가요

주님 인도하신 그 길 따라
그 길을 함께 걸어가면
나를 도우시고 붙들어 주신 이
이 길 위에 결코 다른 길 없네

주님을 따라 이곳에서 십자가 보네
주님이 걸어 오셨던 그 아픔을 보네
언제나 곁에서 머물렀던 그 길을 걷네
우리 함께 그 길을 걷네

광야의 길을 따라서

우리를 이끄신 주의 계획

언제나 함께 주님 바라봐요

우리 함께 주님 따라가요

주님 인도하신 그 길 따라

그 길을 함께 걸어가면

나를 도우시고 붙들어 주신 이

우리 모두 주님 따라서 강하고 담대하리

주님 인도하신 그 길 따라

그 길을 함께 걸어가면

나를 도우시고 붙들어 주신 이

이 길 위에 결코 다른 길 없네